Selma e Sinatra

OBJETIVA

Martha
Medeiros

Selma e Sinatra

OBJETIVA

EDITORA OBJETIVA LTDA. Rua Cosme Velho, 103
Rio de Janeiro – RJ – CEP: 22241-090
Tel.: (21) 2556-7824 – Fax: (21) 2556-3322
www.objetiva.com.br

Capa
Silvana Mattievich

Revisão
Umberto Figueiredo Pinto
Neusa Peçanha
Taís Monteiro

Projeto gráfico e editoração
FA Editoração Eletrônica

M488s

Medeiros, Martha

Selma e Sinatra / Martha Medeiros. – Rio de Janeiro : Objetiva, 2005

129 p. ISBN 85-7302-733-9

1. Literatura brasileira – Romance. I. Título

CDD B869.3

Com amor, para meus pais,
Isabel e José Bernardo

I

Era a segunda vez que trocava de camisa. A primeira, bege, havia lhe deixado com o aspecto abatido. A seguinte, de seda marrom, parecia elegante demais para quem, afinal, não iria sair de casa. Antes de seguir testando novas opções, parou em frente ao espelho apenas de calça comprida e sutiã. A barriga saltava para fora do cós, assim como os pneus da cintura. Parecia estar vestindo um tamanho menor do que seria adequado, mas há muito tempo seu manequim era 44 e avante não iria. Os seios mantinham-se milagrosamente satisfatórios para a idade. Nem grandes, nem pequenos — e tampouco empinados, naturalmente, mas ainda apresentáveis quando acomodados. O pior era a região do colo, tomada por manchas conquistadas em muitos banhos de sol durante a juventude, época em que protetor solar se resumia a chapéu ou sombra. Não era mais uma moça, nem uma jovem senhora, nem uma mulher de meia-idade, e isso parecia ainda mais definitivo agora, quando havia aceitado a proposta que tantas vezes tinha sido feita, mas que sempre recusara por não considerar a hora certa.

Por cansaço — e por reconhecer que o futuro havia encolhido à sua frente —, finalmente a hora certa chegara, e o que era para ser lisonjeiro começava a provocar, na verdade, uma ansiedade incômoda. Mas de nada adiantavam estes questionamentos, já havia aceitado participar do projeto e era mulher de palavra. De certo modo, não considerava de todo mau flagrar-se insegura diante de uma situação inédita. Isso revelava que ainda tinha coisas a aprender sobre si mesma. Era uma velha, mas ainda não estava morta.

Foi até o closet e escolheu finalmente uma camisa que nunca a deixava em má situação. Uma branca, lisa, neutra, que tinha o dom de rejuvenescê-la. Ao terminar de se abotoar, deu duas batidinhas com a mão na própria barriga, como se estivesse ordenando gentilmente que ela encolhesse. Levantou a gola de um jeito sensual e percebeu um sorriso sutil no próprio rosto, um sorriso que confirmava que ainda era importante manter uma aparência jovial e, por que não dizer, sedutora, mesmo quando estava à espera de uma mulher.

O motorista do táxi parecia lento de propósito. O trânsito não estava tão congestionado, as vias estavam livres, por que ele ia tão devagar? Pensou no quanto esses caras devem ficar malucos com seus passageiros, uns atrasados e exigindo mais velocidade, outros pedindo cautela porque tinham filhos aguardando-os em casa. Guta resolveu não pedir nada, deixar que o motorista seguisse no ritmo que bem entendesse. Sua pressa tinha pouco a ver com o horário, já que estava até adiantada para o seu compromisso. O que parecia não sair do lugar era sua vida. Três livros publicados, três fracassos. Um de poemas, bonzinho até, mas que passou solenemente despercebido. O outro, um romance medíocre sobre sobreviventes de uma catástrofe. E o terceiro, um livro em parceria com uma amiga psicanalista, este difícil de qualificar. Algo entre o pretensioso e o bizarro. Nenhum havia funcionado direito, apesar de os colegas jornalistas reconhecerem que ela escrevia bem. Mas já não se conformava com elogios afetuosos. Não lhe servia mais o rótulo de promessa. Precisava solidificar sua carreira.

Suspirou fundo. Olhou pela janela e reparou na quantidade de carros cruzando em sentido contrário, todos indo para algum lugar, numa espécie de força-tarefa. O céu estava azul, ela estava confiante, talvez aquele fosse, finalmente, o tão incensado (e abominável) primeiro-dia-do-resto-de-sua-vida. Uma vida que não havia começado ontem, mas, por outro lado, parecia nunca haver começado, sentia-se ensaiando até hoje. Precisava de um acontecimento, de uma estréia efetiva, não mais de tentativas bem-intencionadas.

Verificou com a mão por cima da bolsa se o material de que precisava estava ali. Apalpou como uma cega, checou, ok, estava tudo ali. Até agora custava a acreditar que o pessoal da editora houvesse se entusiasmado com o projeto. E, mais ainda: que Selma tivesse topado. Nunca haviam se visto. E agora Guta invadiria sua intimidade. Com que credenciais? Apenas as de uma jornalista promissora. Quarenta anos, ex-amante de três homens casados, sem ter realizado o sonho da casa própria, com vários cabelos brancos mal tingidos, mas ainda promissora.

Selma estava no banheiro, acabara de dar os últimos retoques na maquiagem quando o telefone tocou. Saiu dando passos ligeiros, ao mesmo tempo em que colocava a camisa branca para dentro das calças. Atravessou o aposento e ergueu o fone sobre a mesinha-de-cabeceira. Era Rosário avisando que a visita aguardava na sala.

— Ela já chegou? Ótimo, acompanhe-a até meu quarto. E, Rosário, não quero ser interrompida enquanto ela estiver aqui. Providencie café, por favor.

Foi até o espelho, sem esquecer de, no caminho, pegar uma escova de cabelos. Penteou-se. Riu sozinha. Parecia um encontro de amor. E se por algum motivo não simpatizasse com a jornalista? Não tinha mais volta, havia se comprometido. Ou será que poderia desistir? Expectativas são sempre angustiantes, a realidade nunca corresponde à nossa fantasia. E se a moça fosse indelicada, invasiva, petulante? Seus textos não indicavam isso, mas a arte de uma pessoa nunca revela a pessoa propriamente dita. Ouviu três batidinhas secas. Largou a escova e foi abrir a porta para seu futuro — e, ao mesmo tempo, para seu passado.

Guta havia atravessado as primeiras fronteiras como se fosse uma correspondente de guerra. Primeiro, cumpriu a difícil tarefa de encontrar a rua, tão pequena e escondida. O motorista do táxi, que contava 17 anos na praça, nunca havia estado naquela alameda. Depois, o ritual para conseguir entrar no condomínio. Mesmo tendo seu nome na lista de convidados, exigiram carteira de identidade e solicitaram o tempo de permanência no local. Sei lá: duas horas, três, quatro? Selma será assim também, tão hermeticamente fechada? Talvez ela me exija uma tarde inteira neste primeiro encontro. Permissão dada para a passagem, foi a vez da campainha: um, dois, três toques. Latidos de cães foram escutados ao longe, e depois bem perto — Guta desejou que eles fossem amáveis. A governanta abriu a porta ofertando o primeiro sorriso do dia, as coisas pareciam começar a dar certo. Pediu que Guta aguardasse um minuto, e um minuto parecia pouco para ela registrar tudo o que decorava aquele hall de entrada. Espelhos, tapetes, aparador, abajur art decó, um porta-retratos mostrando um casal: Selma e o finado marido. O minuto passou em segundos. Bastou um lance de escadas e estava diante de outra porta, a que valia. Respirou fundo antes de bater. Estava pronta, era o que inocentemente acreditava.

Selma abriu.

— *Entre, por favor.*

Parecia mais jovem do que nas fotos. Não muito mais jovem, lógico, mas o primeiro impasse estabelecera-se: Guta esperava uma mulher mais decaída. E hermeticamente fechada também não parecia ser. Guta fora convidada a entrar com uma simpatia legítima. Não havia mais como recuar. Avançou com o pé direito enquanto seguia escutando sua anfitriã.

— *Espero que você não se oponha a conversarmos aqui no meu quarto. Ficaremos grudadas nos próximos seis meses, então é bom que você se acostume desde já com a ala íntima da casa.*

Seis meses. Selma acabara de decretar o prazo que o projeto deveria durar, estabeleceu quem dá as regras. Guta ainda estava sem voz, nervosa, em flagrante desvantagem. Observou de relance o quarto, um ambiente sofisticado e simples ao mesmo tempo. Amplo. A cama caprichosamente estendida, uma estante com muitos discos e livros, e um computador que não parecia ser ligado com freqüência, aparentava ser apenas mais um objeto de decoração. E o sofá. O que mais interessava: o sofá. Que faria o papel de divã. Sentiu uma umidade no buço, não era possível que estivesse suando, não estava quente. A mão de Selma estendida a fez recuperar a atenção.

— *Quem diria: Guta Sampaio, finalmente ao vivo.*

Apertaram as mãos como duas inglesas.

— *É um prazer muito grande conhecer você, Selma. Posso chamar você de você?*

— Depois de tantos e-mails e telefonemas trocados, esta pergunta é dispensável. Não é por eu ser uma senhora de 70 e poucos anos que vou me privar de certas gentilezas. Sente-se. Imaginava que seu cabelo fosse mais escuro. Eu tenho um livro seu, com uma foto, deve estar em algum lugar por aqui.

Guta sentou-se e lembrou que o computador, afinal, não era apenas decorativo, elas realmente haviam trocado cerca de uma dúzia de e-mails.

— Eles usam a mesma foto em todos os meus livros. Preciso atualizá-la.

Selma a observou por segundos que pareciam intermináveis. Seguia sorrindo. O sorriso sutil dos investigadores. Por fim, disse:

— Você escreve muito bem.

Era hora de retribuir a gentileza. Não se escuta um elogio impunemente, ainda mais no primeiro encontro.

— Obrigada. Mas realizada eu me sentiria se escrevesse com a metade do talento com que você canta.

— Cantava, você quer dizer. Agora são só participações especiais em discos de amigos e, às vezes, um ou outro projeto especial. Já não tenho muito ânimo para fazer turnês. Mas sinto saudade dos palcos. Mais do que dos estúdios, muito mais. Gravar não me satisfaz em nada, acho uma chateação.

Selma disse isto justo no momento em que Guta tirava da bolsa seu gravador. Havia comprado uma semana antes, novinho em folha, inédito como tudo o que estava acontecendo a sua volta. Não sabia se conseguiria dar cabo de sua missão. Já não se sentia confiante como minutos atrás, dentro do táxi, e confiança era matéria-prima essencial para dar início ao trabalho. Não estava ali para simplesmente buscar o depoimento sobre um novo disco ou um novo show. Teria que comandar uma regressão. Fazer aquela mulher voltar no tempo e abrir sua caixa de Pandora. E não era qualquer mulher. Era Selma. Um ícone da música brasileira. Uma cantora que havia atravessado diferentes etapas da carreira sem jamais ter tido seu prestígio ameaçado.

Mas, tal como os ícones, era uma desconhecida completa. Quem era ela? Passou fome quando criança? Já teve problemas com a polícia? Costuma ter crises depressivas? Sentiu-se alguma vez rejeitada pela família? Quais seus ódios de estimação?

— *Você vai precisar de muitas fitas. É uma história de vida bastante longa. Não sei se interessante, mas longa. Por onde a gente começa? Você pretende descrever os fatos em ordem cronológica?*

— *Você sabe que esta é minha estréia no gênero, nunca escrevi uma biografia antes, mas acho que seria bom você contar um pouco sobre sua infância, sobre a adolescência, o início da carreira. Depois, com o tempo, quando você se sentir mais à vontade, aí você pode contar os episódios engraçados, as aventuras que ninguém nunca soube, as passagens mais picantes...*

— *Passagens picantes? Eu fui casada por 29 anos com o mesmo homem. Vinte e nove anos! O casamento mais cristão que você possa imaginar. Não vai render nem três parágrafos.*

— Bom, não se preocupe com cronologia. Vamos simplesmente conversar. Sugiro que você deixe suas lembranças virem naturalmente, mesmo as que você pensa que não têm importância alguma. Conte suas histórias. Uma irá puxando a outra. Quando a gente achar que tem material suficiente, aí eu tratarei de encaixar as peças deste quebra-cabeça, está bem assim?

Guta ligou o gravador e aproximou o microfone da boca.

— Alô, alô. Dezesseis de maio de 2004. Primeiro encontro com a cantora Selma.

Colocou o gravador com suavidade sobre o sofá, entre as duas, como se ele estabelecesse uma linha divisória. De um lado, uma mulher que deseja contar. De outro, uma mulher que precisa saber. A idéia era a de um bate-papo informal, mas Selma mantinha-se séria, olhava para o gravador como se este fosse uma cascavel pronta para o bote. Corajosa, segurou-o com as mãos, surpreendendo Guta. Observou o objeto por alguns instantes, enquanto ouvia-se apenas o barulho da fita girando, gravando a respiração daquelas duas mulheres. Selma voltou a pousá-lo no mesmo lugar, olhou para Guta e a impressão que se tinha era de que a primeira revelação bombástica seria declarada.

— *Engraçado. Agora que esse negócio começou pra valer, não me ocorre... nada. Nada. O que é relevante numa vida? O que é que pode vir a interessar aos outros?*

Guta não esperava por esta troca de papéis — ter que ela própria responder à primeira pergunta. Mas entendeu que Selma estava precisando de um empurrãozinho.

— *A vida de qualquer pessoa é interessante. Não há quem não tenha um segredo guardado, não há quem não viva em contradição. Todo mundo esconde ao menos uma pequena mágoa. Ou uma grande mágoa. Uma sensação de ter sido injustiçada. Talvez uma paixão vivida em disfarce. Agora imagine você, uma cantora que é uma verdadeira lenda, que participou de festivais no mundo inteiro, que conheceu os maiores compositores. Você deve ter muitas coisas para contar. Estou preparada para escrever um livro de 600 páginas.*

— Você está enganada. A minha vida é mais simples do que você supõe. Nada de romances secretos, nenhum envolvimento com política, poucas indagações. A não ser que eu esteja autorizada a abusar da imaginação. Eu posso ser bem criativa quando quero.

— Eu também sei ser criativa quando quero — ou quando sou paga pra isso. Mas não posso expor você aos meus arroubos literários. E também não acredito que você precise recorrer à ficção para tornar sua história pessoal mais saborosa. Basta ser você mesma, Selma.

— Selma Agostini dos Santos. Quase ninguém sabe meu sobrenome.

— Dos Santos é de casada?

— É. Naquela época a gente não podia manter o sobrenome de solteira. Nasci Selma Agostini. No

colégio eu era Selma Agostini. Até hoje eu me sinto Selma Agostini. Nunca fui Selma dos Santos. Não é fácil viver sob uma nova identidade, parece que estamos legitimando um impostor. Selma dos Santos, quem é? Uma criatura inventada no momento em que eu disse sim na frente do padre. Bem, para o público ficou só Selma, é o nome que pegou.

— Se casasse hoje, não adotaria o sobrenome do seu marido?

— Que idéia, casar nesta fase da vida em que estou.

— Talvez eu tenha formulado mal a pergunta, deixe-me tentar novamente: se houvesse a possibilidade de manter o sobrenome de solteira naquela época, teria mantido?

— Não gosto de conjecturar sobre hipóteses.

Selma mantinha-se na defensiva e isso dificultava as coisas. Guta teria que usar de intuição para obter o raio X daquela mulher à sua frente. "Não gosto de conjecturar sobre hipóteses." Este é o tipo de resposta que se dá quando não se conhece muito bem a si mesmo. Ou se conhece bem demais — e não gosta do que sabe.

— *Você nasceu quando, onde?*

— *Aqui mesmo, no Rio, em 1940. Papai era funcionário do Banco do Brasil e mamãe dava aulas de piano. Não foi uma infância problemática, nós vivíamos bem. Minha infância também não vai render nem três parágrafos.*

— *Desculpe, você falou 1940?*

— *Por aí.*

— *Então você é o primeiro caso que eu conheço de uma mulher que aumenta a idade, porque, bom, matemática não é o meu forte, mas você está com 60 e poucos anos.*

— *Por aí.*

— Você falou antes que estava com 70 e poucos.

— Você ouviu mal. Ainda bem que não estava gravando, senão teria que processá-la.

Riram juntas pela primeira vez. Salve, pensou Guta. Enfim, o humor é convidado a se juntar a elas. Aproveitou este primeiro momento de relaxamento para pegar sua carteira de cigarros dentro da bolsa.

— Você se importa que eu fume?

— Me importo, Guta. Este não é apenas meu escritório, é meu quarto.

Desconcertada, Guta recolocou tudo de volta, desajeitadamente.

— Claro, desculpe, que tola eu fui.

Tola, burra e mal-educada. Selma é uma cantora, precisa cuidar das suas cordas vocais, e venho eu, uma desconhecida, perguntar se posso fumar dentro dos seus aposentos íntimos. Quantos pontos teria perdido com esta displicência? Guta esforçou-se para fazer um ar de quem não se abalou com a gafe e abriu um sorriso encorajador para a entrevistada, como se dissesse: vamos, prossiga, eu estava mesmo pensando em parar com esse vício cretino.

— Moramos a vida inteira em Santa Teresa, eu era filha única e adorava música, sempre adorei, desde pequena. Mamãe dava aulas de piano à tarde, no living da nossa casa. Era impossível se concentrar nos deveres da escola enquanto ouvia, vindo do andar de baixo, a suavidade daquele som produzido pelos dedos longilíneos de minha mãe. Mesmo quando eram os alunos que tocavam — e as notas tornavam-se ásperas e afobadas —, ainda assim meu desejo era ficar por perto assistindo, rondando o piano, testemunhando a depuração daqueles futuros novos talentos. Mas sempre me mandavam de volta para o quarto. Papai era muito exigente com os estudos.

— Você foi boa aluna, Selma?

— Excelente. Gostava muito do colégio, fiz boas amigas por lá. Tirava dez em quase todas as ma-

térias. Sinceramente, meus anos escolares não vão render...

— Eu sei. Nem três parágrafos.

II

Gostara ou não gostara de Guta? Gostara. Sendo franca consigo mesma, não tivera nem boa nem má impressão, a garota simplesmente correspondera ao que se esperava. Um pouco atrapalhada, é verdade, mas não o suficiente para tumultuar o ambiente e tirar as coisas do lugar. Fazia poucas perguntas, deixava a biografada falar. Talvez um dia viessem realmente a simpatizar uma com a outra.

Gostara ou não gostara de Selma? Bem, ela daria uma boa síndica, mas como biografada, o sinal amarelo piscara já no terceiro encontro, que havia sido muito parecido com o primeiro e o segundo, ou seja, nenhuma perspectiva de avanço. Selma era uma mulher que não se excitava consigo própria. Parecia não ter saudades do que havia vivido. Não olhava para trás com orgulho, nem com asco, nem com espanto. Não achava graça da menina que havia sido, nem tinha piedade pela sua mísera adolescência. Selma parecia estar sempre de banho tomado: todas as manhãs ela lavava o dia de ontem. O que escorria pelo ralo? Mistério. Em relação ao seu passado, apenas desdém transparecia de sua voz.

— A boate se chamava Cristal. Boate Cristal. Quando eu vi aquela gente toda sentada na penumbra,

olhando para mim no palco, eu senti uma dor de barriga insuportável, achei que iria protagonizar o maior vexame da minha vida. Havia um banquinho ao lado do microfone, com um copo d'água. Eu nem pedi aquela água, mas algum anjo deve ter providenciado: foi só por causa daquela bendita água que eu consegui ir adiante, minha boca parecia que iria rachar de tão seca. Eu tinha certeza de que toda aquela gente estava percebendo meu nervosismo. Mas aí os músicos começaram a tocar e eu não pude mais fugir. Cantei. E cantei bem, menina. Cantei insuportavelmente bem. Em dois minutos eu já não precisava de água, de banheiro, de nada. Nem de público. Estava cantando para mim, cantando para dentro.

— Eu tenho escutado todos os seus discos e a gente percebe isso, que você canta como quem reza, como quem está conversando consigo mesma.

— Você não escreve para si mesma?

— Gostaria de responder que sim, mas não. Eu penso muito no leitor, eu escrevo procurando agradar quem comprou o livro.

— Mas isso deve ser uma tortura: a gente nunca agrada todo mundo. Aliás, quase sempre não agradamos ninguém.

Ela não dizia isso por experiência própria. Desde o início da carreira fez muito sucesso. A quem Selma não agradou? Guta bem que pensara em fazer um desvio, buscar qualquer pensamento inquietante, uma frustração escondida naquela declaração aparentemente banal — "nunca agradamos ninguém" — mas não havia quem desequilibrasse aquela senhora altiva, não havia quem abalasse sua dignidade de rainha. Em se tratando de uma artista, Guta considerava surpreendente que Selma revelasse um indisfarçável orgulho por sua própria falta de emoção.

— A boate lotava todas as noites, foi consagrador. Comecei a ser assediada por um produtor musical muito prestigiado, ele ficou encantado comigo.

— Que espécie de assédio?

— Profissional, Guta. Foi ele quem gravou meu primeiro disco, só isso. Eu não era de se jogar fora, mas não usava meus atributos físicos para flertar com

qualquer um que me acenasse com um futuro promissor. Eu era jovem, mas não era ingênua, sabia que se quisesse triunfar teria que manter uma certa postura.

— Sua família reagiu como? Uma filha de 19 anos cantando numa boate, naquela época, não era exatamente o retrato do convencionalismo.

— Não ligávamos muito para o que os outros pensavam. Éramos uma família de apenas três pessoas e as janelas de nossa casa não costumavam ser abertas com freqüência. Mamãe dizia que era para proteger os vizinhos do barulho do piano, mas aposto mais numa certa inclinação para o isolamento. Agradava-lhe manter-se intacta, talvez para proteger a pureza da sua arte, e aí incluo não só a música, mas a arte de ter construído uma vida. A família era uma sonata, assim acreditavam meus pais. De qualquer maneira, avaliando os fatos a uma distância mais segura, posso dizer que, a despeito da falta de importância que ambos davam ao que não lhes dizia respeito, foram, sem dúvida, liberais ao permitir que eu saísse à noite para cantar. Estávamos no final da dé-

cada de 40, moças direitas não trabalhavam, ficavam em casa esperando um marido cair do céu. O envolvimento de mamãe com a música fez toda a diferença. Era uma mulher refinada, não se apegava a mediocridades. Ela sabia que eu tinha a cabeça no lugar e sabia, principalmente, que podar um dom sempre foi a mais violenta das mutilações.

— Seu pai também era assim, arejado?

— Se não era, soube fingir muito bem para satisfazer mamãe. Ele era louco por ela e fazia o que fosse preciso para não contrariá-la. Não que fosse um homem apagado, isso não.

Guta bem que pensou em provocar um debate a respeito desta pérola "papai é louco por mamãe, faz tudo o que ela deseja, mas não é um homem apagado", porém uma sonolência inesperada fez seus olhos pesarem e seu raciocínio reduzir a marcha, não iria adentrar neste matagal sabendo que Selma provavelmente iria sumir com todos os espinhos e apresentar apenas as florzinhas amarelas da floresta. Disfarçou o bocejo que já ia lhe tomando conta da cara e seguiu adiante.

— Então você não teve problema nenhum em iniciar carreira de cantora, mesmo numa época em que ser artista era quase sinônimo de...

— Nem diga essa palavra. Nem diga. Você ia dizer puta. Nem diga. Essas coisas não eram pronunciadas lá em casa. Tínhamos a pintura da Santa Ceia na parede da sala de jantar. Eu rezava antes das refeições e também antes de dormir — rezei até poucos anos atrás, agora me dá preguiça. É, Guta, foi tudo muito tranqüilo. Eu não cantava por dinheiro, cantava porque era meu destino, minha vocação, eu não saberia fazer outra coisa.

— Selma, se eu estou entendendo bem, você teve muitas facilidades na vida.

— Tive.

— Uma infância feliz, uma família bem estruturada, que sempre a apoiou, e nenhuma espécie de problema para começar a carreira. Confere? Nenhum obstáculo mesmo? Você não chegou a me contar se fez algum teste para conseguir a vaga de cantora na boate.

— Não foi preciso. A boate Cristal era do melhor amigo do meu pai. Um sujeito não muito confiável, mas que sabia o que era bom, tinha gostos sofisticados.

— Você teve um casamento estável.

— Vinte e nove anos.

— Filhos.

— Minhas duas razões de viver. No livro você coloca isso de uma maneira menos piegas, por favor.

— Discos de ouro. E algum dinheiro, suponho.

Selma respondeu a esta questão com mímica, balançando a palma da mão para dentro e para fora, como a dizer "mais ou menos", num evidente acesso de humildade. Mais ou menos era uma expressão com a qual Guta tinha total familiaridade. Sua carreira de jornalista era mais ou menos, seu corpo era bem mais ou menos, já seu currículo amoroso era um desastre, estava sozinha há meses e não despertava interesse nem mesmo em sujeitos para os quais ela não olharia duas vezes. E, que ironia, há semanas vinha convivendo com a porta-estandarte da perfeição. Mas, curiosamente, não se sentia diminuída, ao contrário. Havia um não-sei-quê de benéfico nesta confrontação. Algo que dava certa graça à sua miséria existencial.

— Nunca se sentiu rejeitada, não experimentou o gosto do fracasso, não teve uma vida emocional desordenada, realizou todos os seus sonhos. E ainda formou uma família de comercial de margarina.

— Acho que não tinha margarina naquela época.

— Acho que não, anos 40... Você começou a cantar com 19 anos, então...

— Não faça contas, Guta, você não é boa em matemática, foi você mesma quem disse.

III

Alguma coisa em Guta a comovia. O que não faltava no Brasil eram jornalistas e escritores capacitados para escrever sua biografia, alguns inclusive já haviam se oferecido para a empreitada, mas nunca se sentira seduzida pela idéia. Até que surgiu essa moça no momento certo, com o contrato de uma editora na mão e, na outra, uma revista onde havia publicado um artigo sobre a diferença entre paixão e ponderação, e com um texto leve e ao mesmo tempo forte, de apenas duas páginas e meia, a convenceu. Guta Sampaio, com suas roupas folgadas para disfarçar o corpo fora de forma, e com uma cada vez mais indisfarçável ansiedade, entrava no quarto de Selma duas vezes por semana e, ao ligar o gravador, aguardava escutar uma história de vida que ela própria já havia escrito em sua cabeça, e tinha que enfrentar agora a não confirmação dos fatos imaginados. O que comovia Selma era a paciência de Guta.

Eu não quero ir, eu não quero ir. Mas afastou esses pensamentos infantis e começou a se vestir para mais uma tarde em que ouviria falar de amizades celestiais, filhos bem-sucedidos e shows em cidades fantásticas, onde era recebida com entusiasmo em teatros lotados. Selma nunca havia quebrado um braço, jamais fora expulsa de um bar e reagia serenamente a uma crítica demolidora, o que, aliás, quase nunca recebeu. De certa forma, era alentador conviver com um ser humano eleito, mas qual era a fórmula? Sem outra alternativa a não ser a resignação, mais uma vez Guta via-se entrando naquele quarto bem decorado, sendo recebida com café e disposição, enquanto almejava estar no outro lado da cidade cobrindo um assalto a um supermercado ou entrevistando um vice-campeão de golfe, pois qualquer lugar e qualquer situação teriam um pouco mais de adrenalina do que aquele embate infrutífero com a Super Selma.

— *Nós estávamos em Veneza, que é até hoje minha cidade preferida no mundo. Havíamos caminhado muito e, um pouco antes de chegar à Piazza San Marco, paramos para descansar num botequinho simples. Eu pedi um expresso e então Henrique me disse para cancelar o café e pedir champanhe. Champanhe às cinco da tarde. Achei que era meio cedo, ape-*

sar de que não existe hora inadequada para champanhe. Pedi um cálice, porém Henrique ordenou: uma garrafa! Eu disse a ele: Henrique, é uma paradinha de cinco minutos, para que pedir uma garrafa, ainda mais durante a tarde? Para levá-la conosco, ele respondeu. A garrafa veio, Henrique pagou, me arrastou para um beco estreito, vazio, e então me deu este anel.

Grande porcaria de anel, pensou Guta, implicante, enquanto espiava com o rabo do olho Selma admirar seu solitário realmente solitário naquela mão que deveria ter sido bela no passado. Diante da súbita exposição de suas veias saltadas e enrugadas, Selma mais que ligeiro recolheu os dedos, protegeu a mão fechada contra o peito e continuou a narrar sua novela das seis.

— *Perguntei a ele: você não vai me pedir em casamento, vai? Óbvio que não, estávamos casados há três anos, quatro meses e onze dias, e este era o motivo da comemoração. Henrique estourou a rolha da garrafa e, você não vai acreditar, passamos o resto da tarde bebendo aquele champanhe no gargalo. Em plena Veneza! Uma descompostura total. Fiquei solta, solta... Foi lindo.*

Guta folheava uma revista com uma fúria indisfarçada, quase arrancando as páginas viradas. Não sabia o que fazer agora que Selma encerrara seu relato veneziano.

— *Não achou lindo, Guta?*

Guta levantou a cabeça e deu a resposta com o tom mais irônico de que foi capaz.

— *Um espetáculo.*

— *Entendi. A cena de uma mulher bebendo champanhe no gargalo lhe pareceu deselegante. Podemos reavaliar se isso deve ou não entrar no livro.*

Guta estava a ponto de pegar sua bolsa e pedir as contas, mas aproximou-se de Selma e sentou ao seu lado, numa última tentativa de trazê-la de volta à realidade. A uma realidade mais plausível, ao menos.

— *Você deve estar brincando, Selma. Nada do que você faz é deselegante, nada é incorreto, nada é sofrido. Você é a pessoa mais abençoada da face da terra. Os deuses conspiraram a seu favor, não há uma única mácula no seu currículo.*

— *E isso é bom ou é ruim?*

— *Deve ser um êxtase, quem além de você pode nos dizer?*

Olharam-se por um instante. Selma comemorava, em silêncio, sua vitória particular — fizera Guta externar sua irritação, e nem sabia dizer por que isso era uma cena agradável. Talvez estivesse necessitada de alguém que a confrontasse. Mas não demonstrou nada do que sentia, apenas esperou. A franqueza estava à espreita atrás da porta, querendo entrar.

— *Desculpe, Selma, desculpe. Claro que é ótimo. Quem não desejaria viver bem? Só não sei se... sei lá, talvez eu esteja me precipitando, ainda conheço tão pouco da sua vida... mas é que...*

— *Diga.*

— *Está tudo muito linear, entende? Muito conto de fadas. O leitor espera entrar profundamente na sua intimidade. Selma, eu gostaria de saber mais sobre seus medos, sobre suas frustrações, suas inseguranças. Para humanizar o livro.*

— Para vender o livro, você quer dizer.

De novo a velha disputa entre mercado e arte.

— Não, eu quis dizer pra humanizar mesmo. Selma, as pessoas sabem a carreira brilhante que você construiu. Conhecem sua voz, seu talento, compraram seus discos. Já viram entrevistas suas na tevê e nas revistas. Sabem que você foi muito bem casada e que depois que enviuvou não voltou a casar. Mas isso aqui não é uma entrevista. Eu estou colhendo material para uma biografia.

— Muito bem. Pergunte.

— Este casamento sensacional, cinematográfico e apaixonado nunca sofreu nenhum abalo?

— É isso que humaniza uma pessoa? O que ela sofreu?

— Você é uma mulher inteligente, Selma. Sabe que ninguém tem uma vida perfeita.

— Eu não tive uma vida perfeita. Mas também não tive, e não tenho, uma vida trágica. Uma vida de privações, de desencantos. Eu nunca passei por...

Era a chance. Guta havia conseguido trocar de rota, entrar numa área mais nebulosa da existência humana, e não perderia a oportunidade. Antes que Selma começasse a enfileirar as agruras pelas quais afortunadamente não havia passado e voltasse a seu relato de vida pollyanesco, Guta desembainhou uma pergunta como se fosse uma espada apontada para o peito do adversário.

— Quando é que você chora?

— O quê?

— Quando é que você chora?

— Vendo filmes.

— Sei. Cenas de um casal tomando champanhe no gargalo nos becos de Veneza, por exemplo.

— Cenas românticas me provocam uma certa nostalgia, não vou negar. Mas choro pela dor dos outros também. Choro quando me emociono.

— Ora, Selma, você não vai tentar me convencer de que suas lágrimas são assim tão doces. Ninguém chora a dor dos outros. Isso é pretexto. O sofrimento dos outros nos lembra nossa própria miséria, é por isso que a gente chora no cinema, vendo novela e no enterro de quem a gente mal conhece.

— Eu choro minhas perdas. Eu perdi o Henrique.

— Pelo amor de Deus, vocês foram casados por 29 anos! Caramba, em 29 anos dá pra se viver uma história de amor completa. Início, meio e fim. Entendo que tenha sido doloroso perder um parceiro de tanto tempo, mas não se pode dizer que isso tenha sido uma interrupção inesperada e violenta na sua vida.

— Guta, pelo visto tenho muito a aprender com você. O que é uma perda violenta? Perder o horário da manicure? Como você pode saber o que eu senti?

O ambiente não estava exatamente amistoso, mas Guta não queria interromper aquela discussão. Pela primeira vez estava vendo Selma incomodada, Selma quase acuada. Não sabia onde isso iria dar, mas ao menos ela parecia ter sangue correndo nas veias em vez de chá gelado.

— Eu falo de outro tipo de perda. Da perda de si mesmo. A perda de um amor que não se concretizou, a perda de um sonho. A perda de algo que deveria ter acontecido mas não aconteceu. Essas coisas que não permitem que nosso destino se realize, ao menos não o destino que a gente idealizava. Você entende sobre o que estou falando?

— Entendo, Guta, mas não posso corresponder às suas expectativas. Meu destino era ser cantora e fui cantora. Sou cantora. E uma das melhores do país. A melhor, sendo exata. Eu tive poucos namorados, logo conheci o Henrique, me apaixonei por ele, casamos e

fomos felizes até o dia em que ele entrou naquela sala de cirurgia para operar o coração e de lá nunca mais saiu. Meus dois filhos não vivem comigo porque têm a vida deles, é natural. Me telefonam, me visitam, o que mais se pode esperar de dois marmanjos? Eu estou aqui, com 70 anos nas costas, bem amparada nas minhas duas pernas e passando batom até para ir dormir, porque a única interrupção violenta que eu conheço pode acontecer comigo a qualquer hora do dia ou da noite, e não pretendo ser pega desprevenida. O resto não é interrupção, filha, é continuidade. Nada se interrompe enquanto estivermos respirando.

— *O que é que lhe dói?*

— *Rugas. Rugas doem mais que pedra no rim.*

— *Eu estou falando sério.*

— *Eu também.*

Guta dava-se por satisfeita por aquela tarde. Selma não facilitaria as coisas.

— Desculpe, Selma. Acho que estou forçando a barra.

— Você está apenas desapontada por eu ser feliz.

— Não, eu não sou nenhum espírito de porco, não me interprete mal. É que me custa acreditar que alguém não tenha conflitos. Todo mundo tem conflitos. Conflitos imensos.

— Eu não estou dizendo que eu não tenha, Guta. Não são imensos, são modestos. O que eu não acho é que eles sejam mais interessantes do que as minhas alegrias, do que as minhas vitórias.

— Desculpe. Estou no meu inferno zodiacal, deve ser isso.

— Quantos anos você vai fazer?

— Quarenta e um.

— É, já está na hora de você ter um livro de sucesso.

IV

Guta estava fascinada. Sabia que alguns goles de champanhe em Veneza eram capazes de fazer Selma sentir-se acima das nuvens, mas até aí seu requinte mantinha-se intacto. Aquilo a que estava assistindo era uma cena menos digna de entrar para o compacto dos melhores momentos da diva. Selma estava realmente alta. Insistira em abrir uma garrafa de vinho tinto, numa atitude que era, em si, generosa, já que a intenção era ofertar a Guta um pouco de festividade, mas ainda havia sol lá fora, portanto o vinho era inadequado para o horário e o local, e nem mesmo tornava Selma mais divertida, apenas mais desmazelada. Aos poucos seus olhos foram murchando, a língua enrolando, e o mais surpreendente: o que ela contava conseguia ser ainda menos interessante do que em seus depoimentos sóbrios. Bem que se esforçava em buscar algo que mantivesse Guta atenta. Contou sobre uma paixão infantil por um primo, sobre a vez em que ficou afônica um dia antes de se apresentar no Festival de Jazz de Montreux, e da vez que descobriu que o baixista que a acompanhava numa turnê pelo Nordeste havia recebido — e aceitado — a proposta de uma revista para fotografá-la nua, o safado já havia até acertado o preço. De que maneira ele planejava conseguir o flagrante, Selma nunca soube, já que seu camarim era privativo e ela nunca tivera intenção de convidá-lo para dividir o chuveiro e muito menos a cama.

Guta reconhecia o esforço de Selma em contar casos que ela julgava inusitados. De repente, sentiu-se uma boba por ter feito projeções espetaculares para o livro. Selma tinha razão, talvez a vida de todo mundo seja assim mundana. Guta também já havia se apaixonado por um primo quando criança, e também já haviam tentado fotografá-la nua, com a diferença de que ela não só permitiu como posou como se fosse uma profissional do mercado pornográfico, o que veio a tornar-se um de seus maiores arrependimentos na vida. As fotos não pararam numa revista, mas de mão em mão em um bar vagabundo.

— Já são quase seis horas, Selma, preciso ir, ainda tenho que me arrumar.

— Calma! Que pressa é essa, garota? Justo agora que eu ia lhe contar do ciúme que a Elis Regina tinha de mim?

— Você já ameaçou contar esta história mil vezes e acaba sempre me enrolando. E a Elis não era exatamente da sua geração, não acredito que houvesse concorrência entre as duas.

— Alto lá, mocinha, pare já de beber. De onde tirou este "não era da sua geração"?

— Ué, você não está com 70 anos nas costas, como disse outro dia?

— Sessenta!! Eu que envelheço e você que fica surda? Chega de vinho pra você.

— Selma, com todo respeito, você tomou quase tudo sem a minha ajuda. Eu nem posso beber a esta hora, ainda tenho uma festa pela frente, esqueceu?

— Não esqueci. Você achou que eu passaria seu aniversário em brancas nuvens? É preciso celebrar a vida, Guta!!

Selma, que estava mais deitada do que sentada no sofá, ergueu-se num impulso rumo à mesa de centro. Pegou a garrafa, levantou-a até uma altura em que pudesse vislumbrar o quanto ainda sobrava de vinho lá dentro e, mesmo sem ter percebido que restavam menos de cinco gotas, despejou este quase nada no cálice de Guta.

— Tá, toma mais um golinho, eu deixo. Senão vou acabar com esta garrafa sozinha.

— Só mais um minuto, então. Vamos lá, me conte sobre a ciumeira da Elis.

Selma soltou uma gargalhada e caiu de costas no sofá de novo, afundando-se entre as almofadas.

— É mentira. Elis Regina lá ia ter ciúme de alguém? Eu é que tinha dela. Que mulher formidável. Aquela sim merecia o epíteto de "A Voz".

— Mais do que Frank Sinatra?

— Ora, muito mais. Sinatra... Com aqueles olhos, nem precisava cantar.

— Precisava sim. Olho azul tem às dúzias em cada esquina.

— Um sedutor, o filho-da-mãe.

— Você o conheceu?

— Biblicamente.

Foi a senha para Guta se levantar e voltar para casa, onde pretendia, depois de um banho quente, providenciar seu próprio pileque.

— Nem mais um gole, Selma, senão vou denunciar no livro que você é alcoólatra — e maluca! Eu preciso ir andando mesmo, olha a hora.

— Senta aí, mulher. Você não quer um presente de aniversário? Senta!

Mesmo com a bolsa já enfiada embaixo do braço, Guta resolveu dar mais uma chance a Selma, que nitidamente estava precisando de platéia.

— Eu transei com Frank Sinatra.

Guta levantou-se de novo.

— Selma, eu vou chamar a Rosário para ajudar você com esta bagunça, você não está em condições. Amanhã eu volto e a gente continua.

— Não se dê ao trabalho. Vou chamar uma escritora mais esperta pra ouvir minhas confissões.

— Então você transou com o Frank Sinatra? E também com o Dean Martin e o Sammy Davis Jr.?

— Não, só com o Sinatra. Se eu fosse você, sentava, porque vai render mais do que três parágrafos.

— Selminha, é meu aniversário, tem gente me esperando em casa, não brinque comigo.

— Parabéns, Guta! Best-seller à vista.

— O Sinatra e você?

— Ahã.

Guta sentou devagar, ainda desconfiando de estar sendo vítima de uma gozação.

— Quando? Onde? Quantas vezes?

Selma silenciou, num breve suspense. Parecia estar esperando que o efeito do álcool cessasse. E, como por milagre, cessou. Ajeitou-se no sofá, alisou as pregas da calça com as mãos, não ria mais.

— Lembra que ele esteve no Rio uns vinte anos atrás, quando fez show no Maracanã?

Guta assentiu com a cabeça, ainda achando que era blefe.

— Então. Fomos apresentados rapidamente naquela tarde, antes do show. Chovia à beça, pensaram até em cancelar, você lembra? Não, você não lembra. Eu era a cantora mais reconhecida do país, então meu empresário deu um jeito de promover nosso encontro no próprio hotel em que ele estava hospedado. Houve um coquetel ou algo assim, não lembro bem. Eu não era de se jogar fora, como já lhe disse. Nenhuma Ava Gardner, mas tinha meus encantos. Naquela época eu estava com...

Guta observava Selma pateticamente fazendo contas com a ponta dos dedos e não conseguia acreditar no que estava por ouvir.

— Uns 40 anos. Bom, como eu lhe disse, ele era um sedutor profissional. Ignorou os jornalistas presentes e começou a flertar comigo no maior descaramento. Despistou a mulher dele e me convidou para subir ao seu quarto, para conversarmos sobre música brasileira, bossa nova, essas coisas. Uma cantada bem mixuruca, reconheço. Bem, eu havia bebido um pouquinho...

— Posso imaginar.

— Guta, darling, não espere por detalhes. Eu estou um pouco alta mas não perdi totalmente o juízo. O juízo eu só perdi uma vez na vida, e foi naquela tarde. Todo mundo tem o direito de cometer ao menos uma loucura na vida. E, pomba, não foi com o Agnaldo Rayol, foi com o Frank Sinatra! Com todo respeito ao meu querido Rayol.

— Selma, você me diz que transou com o Frank Sinatra e se nega a contar os detalhes?

— Você quer detalhes?

— Mas até se fosse com o Agnaldo Rayol, criatura. Uma mulher que nunca deu um passo em falso, que só conhece o lado cor-de-rosa da vida, vai me poupar de sua grande e única aventura?

— Mas é que não foi nada assim de outro mundo... Quer dizer, foi bom, mas é que a gente sempre acha que só porque o cara é um astro vai ser mais emocionante do que com os outros, então... Você entende? Cria-se muita expectativa e aí...

— *Desembucha.*

Mais um breve silêncio. Guta estava prestes a enfartar. Não conseguia esperar nem um único segundo.

— *Ok. Foi bem excitante.*

As duas espalmaram as mãos no ar como se tivessem marcado o ponto da vitória numa partida de vôlei contra a seleção de Cuba. Selma empolgou-se e continuou o relato.

— *Quando é que eu iria imaginar que um dia estaria numa cama — pelada! — com um mafioso?*

Riam. Riam como colegiais.

— *A assessoria dele era competente, deu um jeito de me infiltrar na suíte sem que a imprensa desconfiasse. Não resisti em ficar a sós com aquele monumento. Sei que foi uma insensatez. Quando dei por mim, estávamos entre quatro paredes, não havia como escapar. Parecia que eu estava num filme de Hollywood. E foi muito bom. Se fosse com um reles mortal, talvez eu me consumisse em culpa, mas, com um superstar, um ícone do showbiz, sei lá, parecia que não era pecado.*

— Você também é uma superstar.

— Pro Zé do armazém. Pro Sinatra eu era uma crooner, se tanto.

— Conta mais.

— Foi isso. Ele me ofereceu uma bebida, aí me beijou... me beijou outra vez... e me comeu.

— Não cantou no seu ouvido?

— Nem um assovio.

— E depois?

— Depois não foi nada romântico. Ele sorriu, beijou minha mão e agradeceu.

— Agradeceu? Thank you very much?

— Que very much, que nada. Apenas thank you. Fiquei com medo de que me oferecesse dinheiro.

— E aí?

— Aí eu me vesti, fui pra casa, tomei um banho e logo depois estava na platéia vip do Maracanã, assistindo ao show, que foi considerado um dos melhores que ele fez na vida. O Henrique achou o Sinatra inspiradíssimo naquela noite.

— Você não está falando a verdade.

— Juro pelo piano da minha mãe.

— Nunca mais se viram?

— Meu empresário não notou que eu havia sido convidada a visitar a suíte do Don Corleone. Ficou furioso, achou que eu tinha saído do coquetel à francesa, voltado pra casa sem me despedir de ninguém. Nem sonhava que eu estava no quarto do homem. Então ele praticamente me obrigou a, depois do show,

ir ao camarim para cumprimentá-lo. Fomos, eu e Henrique. Eu queria sumir.

— *E ele?*

— *Ele quem?*

— *O Sinatra, mulher!*

— *Parecia que nunca tinha me visto. Apertou minha mão com polidez e depois evaporou, voltou para os Estados Unidos naquela mesma noite. Agora basta. Desapareça você também, vá pra sua festa.*

Guta queria fixar residência no quarto de Selma, não sair lá de dentro nunca mais, ficar de guarda para não dar oportunidade de aquele segredo escapar. Ir embora por quê? O que a esperava lá fora? Doze, talvez 15 rostos simpáticos entrando pela porta do seu apartamento, pronunciando frases feitas e trazendo nas mãos algumas garrafas e presentes baratos. Todo aniversário é considerado uma data diferenciada, mas a verdade é que é um dia igual a outro qualquer, e tudo bem, "igual a outro qualquer" é mais do que merecemos.

Normalmente, Guta não concordava com este pensamento desapaixonado. Não entendia como era possível viver sem mágica, sem êxtase, sem extrair alguma faísca dos acontecimentos mais triviais. Desde menina, não se entregava fácil às repetições, às atitudes consagradas — "aceitação" era uma palavrinha com que não se acostumava. Era do contra? Não, não era, ainda que tivesse passado a infância e a adolescência sendo acusada exatamente disso. Era apenas curiosa e exigente, não se curvava a discursos prontos. Talvez fosse uma necessidade de se auto-afirmar, de se destacar. Não ficava satisfeita enquanto não fosse surpreendida.

Portanto, já sentia-se devidamente festejada. Completava 41 anos neste dia, nesta noite que se instalava aos poucos, sem pressa, as luzes sendo acendidas vagarosamente. Não necessitava de parabéns a você, brindes, alegrias encomendadas. Estava contente, bastava. Saiu da casa de Selma desejando permanecer, agarrar-se àquele momento que havia custado tanto a chegar. Não parecia justo interromper uma conversa que finalmente havia engrenado, sentia urgência em explorar as novidades que Selma sonegara até então — ela lhe dera o melhor dos presentes, sem dúvida. Mas era preciso acalmar-se e dar prosseguimento aos planos anotados na agenda: buscar a torta fria, recepcionar os convidados. O táxi já aguardava na porta do condomínio. Explicou seu endereço para o motorista e pediu docemente que ele ligasse o rádio e procurasse uma música boa.

V

A cabeça doía como se tivesse entornado três garrafas na noite anterior, não apenas uma. Já havia passado por noitadas etílicas de maior poder de fogo, e ainda assim acordava feito uma debutante. Agora já não era assim. Uns poucos cálices a comprometiam neurologicamente. Não parecia uma simples dor de cabeça, parecia um aneurisma prestes a explodir. Como é severo envelhecer, pensou. Não só pelas fraquezas físicas, mas pelas ardilezas. Por que fora excitar Guta? Sentia um prazer mórbido em provocar a menina. Via nela a Selma que fora muitos anos atrás, a Selma que dava importância a coisas mínimas, e, portanto, procurava ajudar Guta a amadurecer da maneira mais torturante, como se ela fosse a filha mulher que não tivera — e só aos filhos torturamos desta maneira, em nome do amor mas também da fúria de não podermos voltar no tempo.

Não foram 12 nem 15: apenas oito apareceram. Chamar de festa seria uma gentileza, pois ninguém estava muito animado, apenas carinhosos — e carinho e empolgação não é a mesma coisa. Pouco depois da meia-noite Guta já estava novamente sozinha, ou melhor, em companhia de vários copos deixados sobre a mesinha de centro e em cima do tapete, encontrou um até no corredor do edifício, em frente ao elevador. Lavou-os todos, juntou papéis de embrulho e guardanapos usados, varreu o chão, colocou os CDs de volta no lugar, escovou os dentes e deitou-se sem retirar a roupa ou abrir a cama, estava excitada demais para dormir. Passou o resto da madrugada planejando a entrevista da tarde seguinte.

Era como se as portas do paraíso tivessem sido abertas de uma hora para outra. Selma não era, afinal, uma mulher desprovida de espírito festivo. Tinha sua porção malandra, irreverente, aberta para os desafios da vida. E guardava um segredo que era um tesouro. Uma transa é apenas uma transa, mas uma transa com Frank Sinatra era uma manchete. Guta se sentiu uma sanguessuga, mas antes de ser uma escritora, era uma jornalista e não podia deixar de comemorar intimamente o furo, ainda que um furo revelado com mais de duas décadas de atraso. Seu entusiasmo, no entanto, não durou mais do que 24 horas. Selma não havia mudado da água pro vinho, infelizmente. Continuava água. Pura e insípida.

— As contrações começaram a ficar mais freqüentes, eu sabia que estava na hora de ir para o hospital, mas o Henrique achava que a bolsa tinha que estourar antes. Foi uma luta convencer aquele homem de que o bebê estava nascendo. Era agosto. Fazia um frio que você não imagina. Mas foi o dia mais ensolarado da minha vida: dei à luz, recebi a luz, o mundo inteiro ficou iluminado. Marcelo nasceu com quase 4 quilos, de parto normal. Feio como um estrupício, pobre criança.

Guta, em pé, de costas para Selma, batia com a ponta das unhas em cima de uma escrivaninha, digitando teclas invisíveis. Sua impaciência foi percebida.

— Se você não está achando interessante, eu posso ouvir um pouco sobre a sua história de vida, que tal? Deve ter muito mais passagens picantes do que a minha.

Vamos lá, Guta. Enfrente a fera.

— Não é isso, Selma. É que eu não entendo esta sua recusa em voltar a falar sobre o caso com o Sinatra. Tenho certeza de que você ainda tem muito pra contar.

— Você chama de caso uma transinha rápida entre dois velhos senis?

— Uma mulher de 40 anos não é velha.

— Nem de 50.

Olha só, ela está se traindo. Por que insiste nesta vaidade de aparentar ter dez anos menos? Não combina com sua autoconfiança, pensou Guta, enjoada. Mas Selma emendou rapidamente:

— Nem de 60, nem de 70, nem de 80. Uma mulher só é velha quando morre. Tudo bem, não éramos velhos, e a transa foi rápida mas muito bem feitinha. Não tenho mais nada a declarar sobre isso, Guta. Sobre o que você quer que eu fale? Sobre a anatomia do cavalheiro? Ora, por favor, vamos falar do que interessa.

— Do parto do seu primogênito.

— De como eu cheguei até aqui, de quais foram as minhas maiores emoções.

— E esta pulada de cerca não lhe causou emoção nenhuma?

— Eu não me apaixonei por ele, se é isso que você quer saber.

Gritar, gritar, gritar, será que posso? Guta estava a ponto de perder o controle.

— Selma, como você é rasteira!!

Olharam-se por alguns segundos como se estivessem determinando novas regras para o jogo. Só que algumas precisavam ser mantidas para a continuidade do duelo.

— Desculpe, escapou. O que eu quero dizer é que você é muito literal. Claro que você não se apaixonou por ele, nem precisava ter me dito isso. Mas você traiu seu marido pela primeira vez. Para uma mulher tão centrada como você, isso não deve ter sido assim tão fácil.

— Já disse, parecia um filme. Não parecia eu. Não teve nada a ver com a minha realidade.

— Como é que estava o seu casamento naquela época? Tá certo que é difícil negar um assédio do Frank Sinatra, mas e se fosse um outro homem qualquer, um homem que você tivesse conhecido no meio da platéia, que tivesse sentado ao seu lado: não poderia ter acontecido também? Selma, você se sentia disponível para um romance?

— Não. Eu saí de casa aquele dia sem ter a mínima noção do que iria acontecer.

Se Selma queria vencer Guta pelo cansaço, estava quase conseguindo.

— Eu não falo daquele dia específico, Selma. Falo daquele momento da sua vida. Você estava na meia-idade, quando a maioria das pessoas questiona suas escolhas, corre atrás do que ainda não viveu. Você estava passando por um momento assim?

— Eu não acho que a gente precise se investigar dessa maneira. Eu sempre me realizei através da minha música, eu sempre cantei *loucuras, nunca precisei* fazer *loucuras.*

— Droga, eu não estou falando de loucuras, estou falando de desejos!

Aquelas duas mulheres semidescontroladas enfrentando-se dentro do quarto tinham uma mesma palavra ressoando em suas cabeças: socorro! Guta procurava quebrar a resistência de Selma, e esta tentava manter-se ereta a qualquer custo. As duas tinham muito a perder — e a ganhar. Deixara de ser uma entrevista para ser uma disputa de esgrima. Selma, no entanto, era quem se divertia mais com aquela troca de argumentos ligeiros.

— Ah, como é difícil para os outros aceitar que há pessoas que não se deprimem, que não se questionam a todo instante.

— Não existe quem não se questione.

— Eu não fico criando problemas para mim mesma. Eu fui feliz na infância, casei com o homem que amei, fui bem-sucedida como artista, tive filhos, amigos, fãs, dinheiro e não me abato diante do irremediável. Isto é o céu, Guta.

— *A felicidade não precisa, obrigatoriamente, ser alienante.*

Golpe baixo, mocinha.

— *Eu não sou alienada* — defendeu-se Selma com rispidez. — *Eu simplesmente aceito o que a vida me trouxe e prezo as coisas que conquistei. Não necessito de drama, nem de muita psicologia. Eu estou satisfeita do jeito que sou, e eu sou comum, sou fácil. Rasteira, se você prefere. Não me deslumbrei por causa de uma aventurazinha com um cantor famoso, isso não representou nada na minha vida, nada vezes nada. Tanto que não vai entrar no livro.*

O chão parecia arenoso, movediço, Guta não sabia se ainda estava de pé ou se havia sido nocauteada.

— *O quê??*

— *Isso aí que você ouviu.*

— *Você está nervosa, Selma.*

— Você é que está nervosa diante da possibilidade de dar bye bye à lista dos mais vendidos.

— Selma, esta história não pode ficar de fora. Ela é inusual, curiosa, excitante. Meu Deus, uma cantora brasileira que passa uma tarde nos braços de Frank Sinatra e guarda este segredo por mais de vinte anos!

— Você deveria ser repórter da Caras.

— Tudo bem, a gente não precisa entrar em detalhes, mas, seja razoável, é preciso publicar, não há nada de indecoroso nisso.

— Meu marido era vivo, Guta.

— Mas já morreu! Não vai ficar sabendo!!

— E a memória dele? E a minha reputação?

— Criatura, a gente está no século XXI, você acha que isso vai escandalizar alguém?

— Eu não quero e pronto.

Guta lembrou-se de que era imprescindível respirar se pretendia continuar viva. Respirou uma, respirou duas, respirou três vezes, enquanto exumava os cadáveres dos diversos "eu não quero e pronto" que passara a vida escutando depois de perguntas cruciais que fizera a seus ex-namorados. Por que você não larga sua mulher se não a ama mais? Por que você não passa um final de semana comigo? Por que não podemos tentar mais um pouco? "Não quero e pronto." Bem, não era bem isso que eles diziam, mas era o que ela escutava. Guta não sabia direito o que estava fazendo ali naquele quarto, com aquela mulher que a obrigava a reincidir em humilhações já esquecidas.

— *Então por que você me contou?*

— *Porque eu estava bêbada.*

— *E o que mais a sua sobriedade esconde?*

Guta nunca sabia a hora de calar. Mais uma vez, havia atravessado o sinal, mas agora era tarde. Selma cansara do enfrentamento.

— A minha sobriedade me fez ser quem eu sou, não é qualquer um que chega aonde cheguei. E se você acha que a vida de uma mulher bem casada e sem grandes tormentos na alma não interessa a ninguém, ficamos por aqui. Não se preocupe, eu conversarei com a editora e eles a pagarão do mesmo jeito.

— Selma, eu...

— Acabou, Guta. Não tem mais livro nenhum.

VI

"Quando é que você chora?" Guta e suas perguntas simplistas, achando que com isso irá desvendar o mistério dos outros. Ninguém chora com hora marcada, e muito menos reconhece os motivos. Eu sempre chorei sem motivo. Basta não ter ninguém olhando, como agora. Ah, insônia, bendita e estimada insônia. Só aqui, nesta escuridão e neste silêncio, posso tirar uma folga, deixar de interpretar. A convivência humana é um teatro sem fim.

Droga, amanhã vou acordar medonha. Que decadência. Uma pele sem sustentação, uma vida sem sustentação. Todos os alicerces são frágeis.

Que atrevimento daquela garota achar que pode rastrear a dor alheia. Quem é que consegue enxergar o outro por dentro? Quem é que consegue desembaralhar os seres intrincados que somos? Mas que gigantesca insolência querer arrancar verdades, como se fosse fácil verbalizar tudo o que sentimos. Falo português, canto em português, mas penso sem palavras, penso sem articulação, penso com estilhaços, não me esforço em me compreender feito uma página escrita, nunca tive esta ousadia, mas ela tem.

É uma pena que esta garota ainda não tenha entendido que cada pessoa é voltada para seu lado obscuro, para seu perfil mais secreto, para um mundo sem letras, incodificável. Quem procura palavras para se decifrar está buscando autenticar uma farsa. É sempre um parto difícil, induzido, e não se sabe o que vamos ter que adotar como nosso até o fim da vida. Quanta responsabilidade, identificar-se! "Esta sou eu, muito prazer. Sinto isso, gosto daquilo, sou contra, sou a favor..." É uma idiotice delimitar-se através de preferências e opiniões. E depois morrer justificando estas escolhas que foram apenas casuais, oportunas, apetecíveis num determinado momento, mas nunca para sempre. Que sorte têm os tolos, os desprovidos de inteligência, que não fazem a menor questão de saber quem são e muito menos de propagar sua descoberta. Quanta angústia poupada, quanto motivo para continuar sorrindo apenas por... por... por espasmo.

Mas Guta merece uma chance, tem sido uma briga desigual esta nossa. Duas Selmas — a verdadeira e a inventada — contra uma jornalistazinha romântica.

Selma ergueu-se da cama com algum esforço, sentou na beirada e pegou o telefone que estava na mesinha-de-cabeceira. Passou a mão pelo rosto na tentativa de limpar o molhado embaixo dos olhos e discou o número de Guta. Rapidamente atenderam.

— *"Você ligou para 3679-4022. Após o bip..."*

Odeio gravações, disse Selma para si mesma, no limite da irritação.

— *"... grave sua mensagem."*

— *Guta, sou eu. Selma. Não parece minha voz, mas sou eu, é que estou resfriada. Olha, não pense que mudei de idéia, não vou deixar você publicar nada sobre aquilo que aconteceu entre mim e aquele fulano. Outra coisa: você não é psiquiatra, viu? Não fique tentando me arranjar conflitos. Eu já fiz terapia. Tive alta em quatro semanas, quase matei o analista de tédio. Eu nem sei direito por que estou ligando pra você. Queria poder dizer alguma coisa que te surpreendesse.*

Selma pensou em desligar, estava se sentindo uma adolescente ridícula ao telefonar para Guta tarde da noite sem saber o que dizer. Gostaria de retomar os encontros e a amizade com ela, mas não era seu costume voltar atrás. Não era seu costume tanta coisa. Permitir que a vissem sem as máscaras habituais, por exemplo. A troco de que tinha topado esta biografia, se não estava disposta a se deixar desvendar? Bom, por isso mesmo, talvez. Para provar que nada a faria desarmar-se, nem mesmo um livro contando sua vida. Mas precisava trazer Guta de volta.

— *Ok, eu não estou resfriada. Surpreendi você? Estou chorando. Você não queria saber quando é que eu choro? Choro quando não tem ninguém olhando. Basta estar sozinha, eu choro. Mas não estou chorando minhas perdas. Estou chorando as suas. Não gosto da sensação de que você perdeu tempo comigo. Guta, me liga.*

Guta havia chegado em casa de madrugada. Apostara algumas poucas fichas num encontro amoroso e, como previra, saiu de mãos vazias. Não era uma questão de não ter sorte, e sim de não ter jeito com os homens, ainda menos com os solteiros. Com os casados conseguia manter um relacionamento de alguns meses, porque estes exigiam menos esforço. Relações adúlteras costumam ser mais transparentes, ambos sabem onde estão se metendo. Mas um encontro com um homem solteiro requeria alguma performance. Ser inteligente, atraente, independente, tudo mentira. Não tinha nem 40% destas qualidades. Quanto mais desejava ser sedutora, mais soava patética. E naquela noite, especificamente, seu humor não ajudou. Não conseguia tirar Selma da cabeça. Selma e seu mundinho careta, seus valores cristalizados, seu apego a um casamento feliz — uma felicidade de merda, sem fissuras, sem baques, construída em cima de preceitos religiosos e mantida a chavões. É por causa de santinhas como Selma, que se negam a mostrar o lado retorcido da sua existência, que mulheres como ela, Guta, penavam para agradar aos homens, tentando ser para eles o que as mãezinhas deles foram, ou o que Selma foi para o finado Henrique: as fortalezas, as premiadas, as impermeáveis, que não se deixam influenciar pela mediocridade de todas as outras. Que irritantes são essas mulheres invulgares, com respostas para tudo, sabedoras de si mesmas. Selma merecia levar uma puxada de tapete. Guta teve um pensamento maquiavélico: estava de posse de um depoimento gravado. Bem que uma revistinha de fofocas iria gostar de publicar a experiência que a maior cantora brasileira teve como belle du jour. Em livro, tudo parece muito nobre ou excêntrico, mas ter a vida privada exposta nas páginas de uma revista fuleira vendida em bancas coloca todos no mesmo balaio. Mas não conseguiu prosseguir com suas idéias inescrupulosas, sua cabeça estava moída. Tudo o que queria era conferir logo de quem era o recado que piscava na secretária eletrônica e cair na cama.

VII

— Eu gravei "Amor Sem Fim" de teimosa. Meu empresário implorou para que eu não incluísse essa música no disco, dizia que era uma canção de quinta categoria, que não faria jus à minha trajetória. Mas eu insisti, insisti, insisti tanto que ele acabou se rendendo. E deu no que deu. Virou meu maior hit. Trilha de novela das oito. Ainda toca nas rádios, em versões feitas até por bandas de rock.

— Foi a única vez em que você não foi apenas intérprete, e sim a compositora também.

— Letra minha.

— Inspirada no seu relacionamento com o Henrique, suponho.

— Claro.

— Claro.

— "Amor Sem Fim" me eternizou, foi a minha "Garota de Ipanema".

— A sua "My Way".

Trocaram um sorriso cúmplice. O episódio Sinatra não passaria disto, de uma piada entre as duas.

— Acho que já falei sobre tudo, Guta. Minha infância, meu início de carreira, minha família, shows, viagens, prêmios, até sobre irrelevâncias comentei aqui. Não sei mais o que lhe contar. Você agora me conhece pelo avesso.

Guta desligou o gravador.

— Não, Selma, ninguém conhece você. E continuarão sem conhecer.

— Desistiu de publicar o livro?

— Imagina. Vai ficar um livro muito bonito. As fotografias que você selecionou estão perfeitas. Aliás, obrigada por permitir a publicação daquela foto no camarim com o Sinatra. Ele, você, Henrique e mais meia dúzia de bajuladores em volta. Aquilo foi antes ou depois de...

— Algumas horas depois.

— Não posso nem fazer uma legenda insinuante?

Selma respondeu com o olhar, levantando apenas uma das sobrancelhas, e ambas riram mais uma vez. Apesar de ser uma terça-feira, o ambiente estava dominical, as horas relutavam em prosseguir seu curso, e não havia vestígios de movimento do lado de fora do quarto, o mundo se aquietara. Guta sentiu, pela primeira vez, afeição verdadeira por Selma, aquela afeição que usualmente toma conta de nós quando estamos a ponto de deixar de conviver com uma pessoa e trocar de rotina.

— *Agora que o gravador está desligado, você não quer me dizer quem é você, Selma Agostini dos Santos?*

— *Está desligado mesmo? Posso confiar em você?*

Guta ficou imóvel, esperando o próximo passo. Se fosse apenas uma provocação, Selma estamparia no rosto seu sorriso contido de Mona Lisa. Mas ela não parecia estar brincando. Ao contrário: tomou fôlego, soltou o ar, mexeu nos cabelos. Preparava-se para entrar em cena mais uma vez.

— *Você se acha bonita, Guta?*

Ó, céus. Onde essa conversa iria dar?

— *Ninguém me acha, que eu saiba. E o que eu penso sobre mim mesma já deixou de me incomodar.*

Mentira, claro. Mas deu vontade de fazer o papel de auto-suficiente, só para Selma ver como isso era enervante. Tampouco tinha intenção de retribuir a pergunta, mas não foi preciso.

— Tenho muito pouca memória da infância. Sendo filha única e extremamente mimada, não prestava atenção em mim mesma, e o mais curioso: não me olhava muito no espelho. Ser feia ou bonita não estava entre as minhas preocupações, eu recebia um exagero de amor e meus dotes físicos não interferiam na minha auto-estima. Mas tudo isso mudou quando fiz 14 anos e passei a me interessar pelos meninos da escola. Foi quando comecei a registrar o mundo externo, a importância de se ter as armas necessárias para ser benquista fora de casa, e só então me dei conta de que era uma garota feia. Não apenas feia de rosto, mas desajeitada em muitos outros sentidos. Não sabia conversar espontaneamente com as pessoas. Era como se eu tivesse passado a vida inteira decorando um texto que era facilmente colocado em prática com meu pai e minha mãe, que também tinham suas falas programadas. Mas na hora de interagir com estranhos e recorrer ao improviso, eu era um fiasco. Minhas amigas eram todas lindas, altas, atraentes. Não lhes faltavam atributos, ao menos era assim que as via. Eu? Era aquela que cantava o hino nacional sem desafinar. A cdf do colégio. Tive um breve entusiasmo pela amizade que eu tentara implantar entre

mim e aquelas meninas tão diferentes do que eu era, tão mais desenvoltas e bem preparadas socialmente, mas logo vi que não conseguiria acompanhá-las, e voltei para dentro de casa, o único lugar que não me exigia boa aparência e articulação para ser amada. Como não tinha a menor vocação para arranjar namorado, passei a dedicar meu tempo a estudar e a gastar minhas horas livres assistindo à mamãe dar aulas de piano. Mas depois fiz 15, 16, 17 anos, e o desejo de ser como todo mundo passou a prevalecer. Eu sabia que, mesmo feia, era uma forte, mas não conseguiria provar isso mantendo-me num casulo, era preciso ir para a rua e reproduzir os padrões festejados por todos. A solidão seria uma vitória pessoal, porém uma derrota pública.

Guta escutava. Tinha vontade de ligar o gravador, mas não se atreveu.

— *A música foi a maneira que encontrei de aparecer, de existir. Porém, mesmo descobrindo precocemente o talento que eu tinha, em nenhum momento me passou pela cabeça a idéia de abrir mão de formar uma família. Quando o Henrique surgiu na minha vida, meu coração não disparou. Meu cérebro disparou. Esse homem vai ser minha única chance de casamento, pensei. E casei com ele. Casei, passei a assinar Selma dos Santos e consegui me transformar numa mulher mais charmosa e bem menos solteira — o que não significa menos sozinha, como você deve saber. Eu casei, Guta, por ignorância. Porque achava que toda mulher tinha que casar. Simplesmente, tinha que casar. E eu não estava em condição de escolher, de esperar por um príncipe. O Henrique era um sujeito admirável, gostava muito de mim e não se importava de eu cantar, desde que eu não abandonasse a idéia de ter filhos. Eu fiz tudo como manda a cartilha, fui uma esposa e uma mãe perfeita, e quando queria fugir do papel de boazinha, cantava. Cantava todas as outras mulheres que eu tinha sonhado em ser e não fui. "Amor Sem Fim" não foi feito para o Henrique, não. Foi feito para cada um dos garotos de 14 anos que imaginei amar um dia, para cada um dos homens para os quais desejei ser uma musa, para todas as minhas paixões idealizadas e que nunca aconteceram de fato. "Amor Sem Fim" é minha homenagem ao amor que nunca senti por homem nenhum. Observe a letra por este prisma e divirta-se. Foi tudo invenção da minha cabeça.*

Um silêncio incômodo invadiu o quarto e permaneceu entre elas por alguns segundos. Guta achou por bem que era hora de interferir naquele monólogo.

— *O Sinatra. Ele também foi uma invenção da sua cabeça?*

— *Não. Aquela maluquice aconteceu mesmo. O fato de o Sinatra ter se encantado por mim não estava nos meus planos, lógico. Foi um imprevisto, uma fantasia que me permiti realizar só para sentir o gostinho de ser desejada por um homem mais poderoso do que eu.*

— *Houve outros homens?*

— *Depois dele, alguns. E nenhum. Nunca me apaixonei. Não sei o que é isso.*

Alguns. Selma havia seduzido homens mais jovens, mais velhos, talvez um segurança, um produtor, um patrocinador, um fã. Quem sabe, até mulheres. Selma havia deitado, gozado, traído, vivido. Selma sabia como escapulir da jaula que optara em viver. Selma beijava, abraçava, recusava alguns encontros, aceitava outros, tinha conversas secretas ao telefone. Selma, mesmo sem ter se apaixonado, talvez tenha sido magoada, talvez tenha protagonizado um vexame, deve ter dormido fora de casa várias noites. Se é que nunca se apaixonou mesmo, pois agora nada mais era crível. Guta oscilava entre o desapontamento por ter se deixado enganar e, paradoxalmente, pelo triunfo, pois no fundo sempre acreditara que nenhuma altivez é 100% confiável.

— *Se você não quis revelar nada disso, por que esta biografia? Para que contar uma história que não corresponde aos seus reais sentimentos? Por vaidade?*

— *Vaidade, um pouco. Mas é mais que isso. Eu quero a história oficial documentada. Quero este meu personagem legitimado. Eu me dediquei muito para construir esta versão de mim mesma, quero que ela permaneça como verdade.*

— *Mas é mentira.*

— Não é mentira. As versões que apresentamos de nós mesmos são verdades escolhidas, pinçadas de dentro de um emaranhado de opções. Ninguém pode ousar adivinhar o que se passa na cabeça dos outros, ou exigir coerência de quem quer que seja. Em algum momento eu lhe disse que esta rendição ao convencional me fez uma mulher infeliz? Pois não fez. Infeliz eu teria sido se ficasse de braços cruzados esperando a vida fazer de mim o que bem entendesse.

Guta trouxe sua bolsa para perto, abriu o zíper e pegou um cigarro. Sabia que Selma não impediria que ela o acendesse. Todas as regras haviam sido suspensas.

— Guta, sinceramente, você acha que o fato de eu não ter me casado apaixonada, e de ter tido uns namoricos bestas por aí, torna minha vida mais atraente?

Guta deu uma longa tragada, sem tirar os olhos de Selma. A deixa ainda era dela.

— Todo mundo sofre, todo mundo tem dúvida sobre suas escolhas, todo mundo se arrepende, se perde, volta atrás, recomeça. Esta é a história de todos.

Virou uma coisa banal. Você vai escrever um livro inédito, vai inovar publicando a biografia de uma mulher que percorreu uma vida inteira sem se martirizar.

Guta procurou um cinzeiro com os olhos — não se surpreenderia se encontrasse um no quarto, ou dois. E também um armário cheio de armas, camisinhas usadas, cédulas falsas de dólar, fotografias de crianças nuas. Estava ficando tonta. Levantou-se, foi até o banheiro de Selma, jogou as cinzas na privada, deu mais uma tragada e então jogou fora o cigarro inteiro. Acionou a descarga. Virou-se e apoiou as duas mãos na bancada lotada de cremes e perfumes. Olhou-se no espelho, lavou o rosto e o enxugou com uma toalha pequena, branca, com as iniciais de Selma bordadas. Não se sentia nem um pouco espantada pelo atrevimento de ter entrado no banheiro privativo de Selma pela primeira vez, sem ao menos pedir licença. Estava um pouco surpresa com tudo o que estava acontecendo. Desconcertada. Mas não sentia irritação alguma. Algo passara a uni-las.

Voltou para o quarto e encontrou Selma sentada no mesmo lugar, tranqüilamente à espera.

— Selma, como é que eu posso saber que você não está caçoando de mim?

— É uma possibilidade, Guta. Talvez eu esteja lhe contando esta nova versão só para mostrar a você que uma vida cheia de questionamentos e frustrações não é mais interessante do que uma vida convencional e sem traumas.

— É *mais interessante.*

— Mais vendável.

— Mais interessante.

— Dá no mesmo.

Guta não estava disposta a desistir.

— Você foi feliz na infância, Selma?

Uma gargalhada.

— Que coisa mais inocente. Então você conhece alguém que foi feliz na infância? De quanto lirismo

você é capaz, garota. A infância é o inferno de todo ser humano, é a origem de todas as nossas neuroses, e não me venha falar de quintais, de bolinhos da vovó, de amiguinhos imaginários e essa baboseira que infesta os contos infantis, todos eles insuportáveis. Uma criança nada mais é do que alguém com uma bola na garganta sem saber direito o que sente, o que quer, do que precisa. Alguém que nasce sem a menor chance de liberdade e é escravizado por normas que não tem como questionar enquanto não crescer, e enquanto não cresce tem que conviver com o sofrimento que estas normas geram em quem está mais perto dela — seus pais.

Selma fez uma pausa, respirou fundo. Olhou com atenção uma foto amarelada de sua mãe pendurada na parede, junto a outras tantas.

— *Era uma agonia tão grande ver aquela mulher gritando através do piano, fingindo-se de frágil quando na verdade abrigava uma leoa dentro. Minha mãe morreu sem admitir, mas eu sabia que a fantasia dela era largar aquela vida e aquele homem que atendia a todas as suas vontades. Meu pai, tão doce, entendeu que era de um amigo que ela precisava, e não de um domador, e talvez ele estivesse certo, porque conviveram em paz por muitos anos, porém sem botar a cara para fora da janela. Sentiam vergonha da sua comodidade, da sua desistência.*

— *Você tem certeza de que não está falando de você e Henrique?*

Selma recostou-se no sofá e passou a mão nos olhos, entregando-se ao cansaço.

— *Estamos sempre falando de nós mesmos, Guta.*

VIII

O quarto estava impregnado de cheiro de molho de tomate. Os pratos e talheres sujos sobre a mesinha de centro violavam a outrora assepsia do ambiente. Foi idéia de Selma pedir a Rosário que preparasse algo substancial para elas comerem, o que não só denunciava o adiantado da hora como trazia implícito um convite para continuar. Nunca haviam passado tantas horas juntas e com tamanha falta de cerimônia. Selma já havia tomado uma ducha e trocado seu terninho por um roupão, e Guta falava ao celular desmarcando um jantar.

— Como é que você pode não lembrar? Combinamos ontem que eu passaria aí às oito e meia para ver o Rafa, foi você mesma que deu a idéia de pedirmos uma pizza e jantarmos os três. (.......) Esqueça, eu liguei para avisar que não vou, são nove horas e já jantei, mas se você nem lembrava que eu iria, que diferença faz? (.......) Tá bom, Cintia, depois a gente conversa (.......). Amanhã, talvez. Um beijo.

Selma, mais relaxada, sentia visível prazer em testemunhar Guta em sua rotina civil, trazendo para dentro daquele quarto um pouco da sua vida lá fora.

— Cintia é quem?

— Minha irmã mais moça. É separada, tem um menino que é meu afilhado. Uma peste de 8 anos que eu adoro.

— Você não pensa em ter filhos?

— Pensar é a parte mais fácil do plano.

— Está sem namorado?

— Não tenho tido muita sorte. E seus dois filhos, por que apareceram tão pouco em nossas conversas?

— Para preservá-los.

— Do quê?

— De mim, ora.

Guta não sabia se queria ouvir mais. Mas não conseguia voltar pra casa.

— Que mal você pode causar às suas duas razões de viver? Ou você vai me dizer que mentiu sobre isso também?

— Escute, eu nunca menti. Tudo o que a gente vive pode ser analisado por diferentes aspectos, ter diversas versões, eu apenas selecionei uma para ofertar a você e aos leitores, achei que isso já estava claro. E Marcelo e Edu são meus bens mais preciosos, sim, senhora.

Selma resolveu baixar a guarda, deixar de lado o tom defensivo que estava usando. Até sorriu.

— *Incrível como é difícil deixar de ser piegas quando se fala em filhos. É um assunto insuportável, não acha? Não há interesse de qualquer espécie para quem ouve, mas todos fingem uma atenção comovedora. Engana-se quem diz que este não é um mundo civilizado. Eu acho civilizado até demais.*

— *Não estou fingindo nada, pode falar à vontade.*

— *Nenhum deles ainda me deu um neto. Marcelo se separou da primeira mulher antes que virassem uma família e agora anda pra lá e pra cá não sei direito com quem, cada vez que ele me liga está com uma moça nova. E a mulher de Edu não pode ter filhos. Quando ele me comunicou o fato, eu não senti um pingo de pena. Fingi que senti, mas não senti. Simplesmente passei a mão no ombro dele, troquei de assunto e nunca mais falamos sobre isso.*

— *Com sua aversão à infância, não é difícil descobrir por quê.*

— Aversão? Não me consta que eu tenha lhe dito que tenha aversão a alguma coisa. Não sinto ódio por nada nem por ninguém, Guta, sou apenas uma descrente absoluta. Não vejo por que cortejar certos preceitos morais, hereditários e hierárquicos.

— O nome disso é niilismo.

— Que seja. Não confio em ilusões e creio que somos uma população mundial de perdidos. Todos procurando fórmulas para uma felicidade impossível.

— Você não foi feliz em Veneza?

— Muitíssimo. Nossa, como aquela história tirou você do sério.

— Só um pouquinho, o suficiente para desejar te estrangular.

— O que é a felicidade senão uma grande obra de ficção? Deixe de ser obcecada pela verdade, menina. Ser feliz é uma arte, é uma manifestação abstrata,

lúdica, criativa — mas inventada. Cada um assina a sua própria obra.

Guta foi em busca do seu gravador, que estava soterrado por pratos e guardanapos. Com ele nas mãos, morto, quieto, mentalizou um rápido flashback, repassando em sua cabeça tudo o que aquele aparelhinho retinha lá dentro, gravado.

— *Selma, eu não posso publicar este livro. Eu corro o risco de ser desmascarada. De ter sido enganada por você.*

— *Você se sente enganada?*

— *Eu estou confusa.*

— *Foi você que desligou este gravador e me estimulou a contar quem era Selma Agostini dos Santos. Foi você que desconfiou o tempo inteiro de que eu não estava sendo íntegra e sincera.*

— *E eu estava errada?*

— Estava e não estava, como você percebeu hoje. A gente nunca sabe nada sobre ninguém, só sabemos o que os outros permitem que a gente saiba.

— E se o livro encalhar nas prateleiras?

— Não vai. Meu fã-clube vai garantir ao menos a primeira edição.

— Espero que os críticos também façam parte do seu fã-clube.

— Críticas? Ora, quem se importa. Vamos saboreá-las juntas.

— Na idade em que estou, já é hora de eu ter um livro de sucesso, foi você mesma quem disse.

— Então escreva sobre você. E sobre o que não é você. Escreva sobre o que você elegeu como verdade e como isso a sustenta. Não considere isso uma mentira, considere isso uma busca de equilíbrio emocional. Essa insistência que há hoje em dia de se expor, de revelar intimidades, é pânico. Medo de ficar só. Medo

da morte. As pessoas contam todos os seus segredos, todos os seus sentimentos em troca de uma migalha de atenção. Escreva sobre você, Guta, sobre quem você escolheu ser, sobre o personagem que você inventou para si mesma.

— O público percebe a farsa.

— Mas tudo é farsa. Só a absoluta solidão é verdadeira.

— Eu nunca criei um personagem pra mim.

— Ah, não? Mulher entrando na meia-idade desesperada porque ainda não cumpriu as insanas expectativas que a sociedade tem sobre ela. Infeliz no amor, precisando se sentir bem-sucedida de qualquer forma — nem que seja pegando carona na biografia de uma mulher famosa — para se sentir alguém. Isso não é um personagem? Eu respondo: é um personagem, e bem chinfrim. Você tem potencial para exigir mais de si mesma.

— Você é cruel, sabia?

— Eu pagaria uma pequena fortuna para saber os pensamentos que você andou tendo sobre mim nos últimos meses. Aí veríamos quem é cruel.

— As coisas são mais simples do que você pensa, Selma. Eu apenas preciso ganhar dinheiro para pagar minhas contas e para isso tenho que escrever um livro que seja verdadeiro e agrade.

— Ser verdadeiro e agradar. Você é ambiciosa. Não se preocupe em agradar, Guta. Aprenda: a gente nunca agrada a ninguém.

IX

Não precisava de gravador. Lembrava exatamente do que Selma lhe contara no último encontro. Se quisesse reproduzir no livro as conversas em off, não seria difícil — mas seria uma deslealdade.

Selma não habitava um conto de fadas, e sim uma vida muito parecida com a da maioria das outras pessoas, com suas desilusões e hipocrisias. E estava imbuída da idéia de esconder isso do seu público, fabricando e divulgando uma falsa pose de diva, de mulher acima das mesquinharias cotidianas, impermeável à melancolia. Considerava-se muito revolucionária, e no entanto era patética e constrangedora, pois tanto sua vida inventada como sua vida vivida eram, ambas, insignificantes.

Selma tinha uma bela voz, é verdade, mas uma história monocórdica. Da infância até os dias de hoje, não se permitira nenhuma forte emoção. Nada a excitava, nem mesmo o enlevo de estar no palco, nem o morno afeto por Henrique, nem mesmo os filhos. Tudo não passava de um dever cumprido, de tarefas programadas — e o próximo projeto talvez fosse um neto, que não seria desprezado nem bem-vindo: seria recebido com o sorriso profissional das mulheres que não se desmontam. Excetuando-se aquelas três ou quatro horas em que brincou de aventureira com Sinatra, nada tinha de festivo para contar. Tão preocupada em ser feliz, esqueceu de ser alegre.

Guta não conseguia parar de pensar nesta personagem calculista e medrosa com quem convivera por tantos meses, e tudo o que sentia era piedade, pois Selma jamais conseguiria enxergar o quanto perdera com esta esquizofrenia de reinventar a si mesma como mulher padrão, acreditando que isso basta para se sentir protegida. Guta, ao contrário, nunca se protegera, e caíra de todas as maneiras possíveis, o que a fez colecionar um bom número de feridas, a maior parte delas metafórica.

Mas como se divertira.

Nunca foi reconhecida como escritora, não era bonita e nas poucas vezes em que ouviu "eu te amo", não acreditou, porque não era mesmo para acreditar. Pai e mãe já falecidos, uma irmã destrambelhada, amigos simpáticos, mas todos voltados para o próprio umbigo, e namorados que não ficaram o suficiente pra compreender que grande mulher era ela. Quem a amava, afinal? Aí é que está. Não precisava mais se fazer esta pergunta. Estava se lixando para este tipo de amor que costuma vir embrulhado em papel de bombom. Foda-se a cartilha da felicidade.

Era uma mulher festiva, expansiva. Tirava prazer de coisas minúsculas. Possuía o olhar crítico dos céticos, e o bom humor deles também. Matriculava-se em cursos de italiano, em academias de ginástica, em workshops. Assistia só às primeiras aulas, faltava ao resto e não se cobrava por ser assim tão impetuosa e pouco persistente. Gostava de conversar com gente estranha, tinha paciência para ouvir a história de vida da cozinheira e do porteiro, e de quanto mais longe eles vinham, mais ela prestava atenção. Apreciava de verdade as pessoas que abraçavam sua própria origem e que se divertiam com o próprio destino. E os homens da sua vida passaram ligeiro mas deixaram lembranças e inspiração para boas piadas, que ela criou depois, sozinha, quando já não se lastimava. O cara que nunca tirava as meias para transar e relinchava durante o orgasmo, o outro que ligava para a esposa de cinco em cinco minutos dando explicação de onde estava, achando que assim manteria a barra limpa, e aquele que era obcecado pelas axilas dela, todos infantis, todos humanos, compartilhando tardes precárias mas inesquecíveis.

Nunca tomara champanhe num beco de Veneza, e grande coisa. Que estupidez julgar isso um acontecimento. Selma acreditava que seus atos gloriosos eram aqueles que poderiam ser fotografados e colocados num porta-retrato no aparador da sala. As fotos nunca contam nada. Os grandes momentos de Guta surgiam desfocados em sua mente, e assim deveriam manter-se. Rápidos flashes de emoções sem explicação racional, instantes de plenitude vindos do nada, conexões estabelecidas consigo mesma, em que era possível atestar: que bom ser este traste que sou, uma fulana desobrigada de posturas. Ser anônima compensa. E ainda tenho a sorte de saber sorrir sem a ajuda dos lábios, sem mostrar os dentes, sorrir internamente sem que ninguém venha me perguntar: qual é a graça? A graça é fazer parte deste circo, às vezes, e não fazer parte, em outras, e sempre se sentir confortável. Vá explicar isso para quem acredita que felicidade se constrói com narrativas exatas e cronológicas.

Nunca mais escreveria a biografia de quem quer que fosse. A de Selma seria sua primeira e última incursão no gênero. Leria todas as que lhe caíssem nas mãos, pois adorava estas reportagens publicadas em livro — biografias não passam de longas e descritivas reportagens exaltando ou esculhambando alguém que ninguém conheceu profundamente. Ora, melhor procurar um desconhecido na rua se quiser que o resultado da investigação seja mesmo quente. Guta perdera a curiosidade pelos célebres e acreditava que, como ela, os leitores já estavam fartos de tanta insipiência mal disfarçada. A vida que interessava, agora, era a dela.

X

Do ponto final colocado no texto até a sua publicação, não se passaram mais do que dois meses. Guta entregou o material para a editora e recebeu a parte que faltava do pagamento — e ainda teria direito a uma pequena porcentagem das vendas, mas isso não faria grande diferença na sua conta bancária. Havia digitado todas as conversas gravadas e escrito o texto respeitando a gramática e o estilo, mas sem paixão. Não sentia mais vínculo com o livro, desinteressara-se dele como se fosse um cadáver. Algumas dúvidas que surgiram durante a digitação foram resolvidas com Selma através de e-mails, e deixou de insistir em publicar o que Selma não queria ver publicado. Ainda foi ao encontro dela uma tarde para decidirem juntas a foto e o layout da capa, e, na noite do lançamento, repartiram a mesma mesa para autografar juntas os exemplares. E foi só. O capítulo Selma estava encerrado em sua vida. No entanto, Guta fora intimada mais uma vez a comparecer naquele quarto em que fizera algumas descobertas sobre Selma, e também algumas sobre si mesma.

Encontrou Selma rodeada de folhas de jornal. Guta já havia lido a crítica pela manhã, mas não custava fazer companhia a Selma neste momento de confrontação com a imprensa. "Vamos saboreá-las juntas", ela havia sugerido um dia. Ok, estava ali para isso.

— *Blablablá, blablablá, aqui: "Guta Sampaio bem que se esforça em dar alguma originalidade ao livro, mas a história de Selma é bastante linear, sem altos e baixos, sem complexidade, não justificando uma biografia de 210 páginas. Sua infância e casamento, por exemplo, poderiam ter sido descritos em poucos parágrafos."*

Olharam-se com cumplicidade e disseram ao mesmo tempo:

— *Três.*

Riram. Guta notou que Selma estava realmente sentindo prazer com a obviedade da reação do crítico diante de seu livro. Continuou escutando sua biografada ler a resenha em voz alta.

— *"A carreira desta brilhante cantora agora está documentada em livro e servirá de material de pesquisa para as futuras gerações, mas, a despeito de estar muito bem escrita, sente-se a ausência de encanto e novidade. A boa literatura exige personagens mais viscerais."*

— *Você deveria ter chamado o Ruy Castro.*

Selma fechou o jornal com desdém.

— *Você tirou leite de pedra, Guta. O texto é a melhor coisa do livro. Nisso, todos os críticos concordam.*

— *E nem assim emplacou.*

— *Não seja injusta, a noite de autógrafos estava lotada.*

— *Você não mentiu quando disse que tinha muitos amigos.*

— *E fãs, também.*

— *Sem dúvida. Todos de papelzinho na mão.*

— *Até camiseta autografei.*

— *Pra isso você não precisa lançar livro, basta dar uma volta no supermercado.*

— *Não seja pessimista, Guta. O livro acabou de ser lançado. Nem todo mundo dá atenção para o que dizem os críticos. Aliás, ninguém dá. Vai vender muito bem, você vai ver.*

— Já não estou tão ansiosa em relação às vendas.

— Mas está decepcionada.

— Não, juro que não. Eu previa que não seria um grande sucesso. Você quis um livro apenas com o lado A, e a vida de todo mundo tem um lado B. É isso que os leitores procuram em biografias. Se você ao menos tivesse me autorizado a contar sobre o Frank Sinatra, as coisas poderiam ter sido diferentes.

— Se eu tivesse autorizado, teria me vendido por muito pouco. Aquilo foi um acidente. Um charmoso acidente. Mas não revela nada sobre mim. Se eu publicasse, aí estaria dando voz a uma mulher que não sou: deslumbrada, sensacionalista, capaz de usar comercialmente o nome de um ícone que nem está mais aqui para confirmar o fato.

— Sabe a coisa mais verdadeira que você disse em todos os nossos encontros?

Selma olhou para Guta sem disfarçar o interesse.

— *Foi na primeira vez em que estive aqui, quando demos início ao trabalho. Você pegou o gravador em suas mãos, relutou um pouco antes de começar a falar, e então perguntou, não sei se para mim ou se para você mesma: "O que é relevante numa vida? O que é que pode vir a interessar aos outros?" Aquela sua dúvida conduziu o livro inteiro.*

— *Lembro que você respondeu que todas as vidas eram interessantes.*

— *E são.*

— *A minha tanto quanto a sua — e tanto quanto a de qualquer ser vivo: Rosário, sua irmã, seus taxistas.*

— *Exato. O que as diferencia é a maneira como são lembradas e contadas.*

— *Pois eu acho que vida nenhuma é suficientemente rica para merecer o verdadeiro interesse dos outros. Somos todos voyeurs e curiosos sobre a intimidade alheia, achando que a vida de um artista ou mesmo a vida do vizinho irá nos ajudar a compreender melhor nosso próprio universo, e acabamos frustrados com as descobertas que não fazemos. Seja sincera, Guta, alguma coisa ainda lhe surpreende, lhe instiga a ponto de ajudá-la a se conhecer melhor?*

—Tenha paciência, Selma, se isso não acontecesse não existiriam os livros, o cinema, a sua música!

—Tudo passatempo.

Pela primeira vez, Guta sentiu que deveria haver algo por trás deste desprezo de Selma pela arte e pela vida. Já deveria ter se acostumado com sua secura, mas passou a perceber que algo fugira do controle de Selma, suas idéias estavam ficando cada vez mais gélidas, e isso não correspondia à sua obra. Tudo bem que ela tivesse decidido encenar uma vidinha padrão para publicar em sua tola biografia, mas os discos que gravara provavam que ela não era totalmente destituída de carga emocional, ou não teria comovido milhões de pessoas por mais de uma geração. Bastava ouvir seus discos:

havia sentimento em sua voz. O talento não se presta à falsificação.

— *Por que você não quer mais cantar, Selma?*

— *Eu nunca disse que não queria mais cantar, apenas não vou mais sair em turnês ou gravar novos discos.*

— *Cansou?*

— *A vida é que cansou de mim.*

Insuportável esta Selma melodramática. Não combinava com ela. Reparou que Selma havia mudado de postura, estava mais encurvada.

— *Afinal, você está com 60 ou 70 anos?*

— *Depende do meu humor.*

— *Setenta e quatro. Nasceu em 1930.*

— *Menos um mistério no mundo.*

— Dez anos fazem tanta diferença assim?

— Você só pode estar brincando... Dez minutos fazem diferença!

— Você tem medo de morrer?

— O que é isso, agora? Psicoterapia?

— Tem, Selma?

As duas olharam-se, novamente, como se fosse a primeira vez que estivessem se vendo. Selma não sustentou o olhar e abaixou a cabeça. Manteve-se assim, olhando para os próprios joelhos, durante um tempo que pareceu estático. Por fim, levantou-se do sofá, caminhou com passos decididos até a estante de livros, abriu um volume vermelho, de capa dura, e retirou de dentro um envelope. Voltou para perto de Guta e entregou-lhe. Era um envelope corporativo que trazia o logotipo de um conhecido laboratório de análises. Guta pegou, mas não abriu.

— Selma, você não vai me dizer a esta altura do campeonato que tem uma doença grave. Porque, se

tiver, melhor me contar você mesma, sou péssima em decifrar resultados clínicos, não entendo nada deste jargão.

— *Ajudaria um bocado a vender o livro, hein?*

— *Ô, nem me fale.*

— *Eu lucraria com uma biografia que impediria fofocas póstumas e você lucraria em cash.*

— *Tivesse me contado o plano antes, teria me poupado algumas desilusões.*

Riram como velhas amigas e abraçaram-se forte. Guta sentiu que Selma desejava ficar em seus braços por mais tempo, mas logo a diva se recompôs, para não dar ao gesto um clima de despedida. Pegou o envelope de volta das mãos de Guta e o jogou no sofá.

— *É melhor mesmo deixar este envelope pra lá. Aliás, quando eu o recebi também não entendi nem uma linha do que estava escrito, meu médico fez a gentileza de me traduzir o diagnóstico.*

— Me diga apenas se você ficou aflita ou aliviada com o que ouviu dele.

— As duas coisas. É o resultado de uma biópsia. Quando eu soube da doença, achei que não sobreviveria um ano, mas tenho mais três pela frente, segundo ele. E posso continuar a cantar enquanto não for exaustivo. Três anos a mais, na minha idade, não chegam a ser uma notícia desastrosa.

Guta não conseguiu ficar horrorizada com o que ouviu, uma vez que a própria Selma aparentava estar em total conformidade com a situação. Já havia digerido o próprio destino e, como mulher organizada que era, vinha preparando metodicamente sua retirada de cena.

— Não gostaria de me contar os detalhes?

— Jornalistas e escritores nunca se contentam com resumos.

Guta e Selma mantinham-se em pé, de frente uma para a outra, como se houvesse um tabuleiro de xadrez entre elas.

— E agora, Selma?

— Agora você continua sua carreira. Siga escrevendo bons livros e escolha melhor seus biografados.

— Se eu seguisse escrevendo biografias, o que não vai acontecer, não tenha dúvida de que eu escolheria pessoas que tivessem mais medo dos críticos e menos medo de si mesmas.

— Desaforada. Não respeita nem uma velha em estado terminal.

— Quem é esta? Onde ela está?

Divertiam-se para afastar a tensão. De um momento para outro, as interrogações pareciam todas respondidas, as inquietações se acomodaram, a serenidade era quase escandalosa, transgressora.

— Pretendo escrever um novo livro, sim. Já comecei, aliás. Não é sobre você, nem sobre mim, mas é, de certa forma, sobre tudo o que estivemos conversando. Sobre esta necessidade de tentar manter uma

imagem pública que corresponda às idealizações que temos sobre nós mesmos, e que muitas vezes nos impede de ver quem somos realmente.

— *Vai ser um livro chato.*

— *Não. Vou colocar umas cenas de sexo. Passagens picantes, você sabe.*

Guta pegou sua bolsa e enfiou pelo braço. Foi caminhando lentamente até a porta, seguida por Selma. Saíram do quarto e desceram as escadas em silêncio. Guta nunca tinha estado com Selma em outro ambiente da casa. Era sempre Rosário quem chamava um táxi e a acompanhava até o portão. Desta vez, Selma dispensou os serviços de sua auxiliar e conduziu Guta ela mesma. Atravessaram juntas o hall de entrada, ganharam o jardim e compartilharam da companhia dos cães. Estava um final de tarde abafado. Ou era algum outro motivo que fazia Guta respirar com certa dificuldade.

— *Vou sentir falta de você, Selma.*

— Também vou sentir falta de mim, Guta. Não tinha o costume de ser puxada pra fora. Você tentou me exorcizar, e creia-me: não foi tão malsucedida quanto imagina. Mas isso agora não importa mais.

— Acho que posso considerar essa resposta como um convite para eu não vir visitá-la.

— Agora é comigo mesma. Preciso continuar com meus exercícios de desapego, senão não vou suportar.

— Me dá o privilégio de uma última pergunta?

— Se ela for inédita.

— O Sinatra era gostoso?

— Como tudo o que nos encanta antes que a gente tenha tempo de racionalizar a respeito.

Ambas estavam na calçada. O táxi esperava. Guta estava pronta para entrar no carro quando ainda ouviu Selma dizendo:

— Bobagem, era um homem como outro qualquer.

FIM

markgraph
Rua Aguiar Moreira, 386 - Bonsucesso
Tel.: (21) 3868-5802 Fax: (21) 270-9656
e-mail: markgraph@domain.com.br
Rio de Janeiro - RJ

222